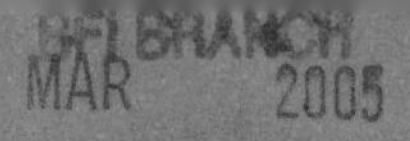

The Empanadas that Abuela Made

Las empanadas que hacía la abuela

By / Por Diane Gonzales Bertrand
Illustrations by / Ilustraciones de Alex Pardo DeLange
Spanish translation by / Traducción al español de
Gabriela Baeza Ventura

PIÑATA BOOKS
Piñata Books
Arte Público Press
Houston, TX 77204-2174

Publication of *The* Empanadas *that Abuela Made* is made possible through support from the City of Houston through the Cultural Arts Council of Houston, Harris County. We are grateful for their support.

La publicación de *Las empanadas que hacía la abuela* ha sido subvencionada por la Ciudad de Houston por medio del Concilio de Artes Culturales de Houston, Condado de Harris. Les agradecemos su apoyo.

Piñata Books are full of surprises!
¡Los libros Piñata están llenos de sorpresas!

Piñata Books
An Imprint of Arte Público Press
University of Houston
452 Cullen Performance Hall
Houston, Texas 77204-2004

Bertrand, Diane Gonzales.
[Empanadas that Abuela Made. English & Spanish]
The *Empanadas* that Abuela Made = Las empanadas que hacía la abuela / by Diane Gonzales Bertrand; illustrations by by Alex Pardo De Lange; Spanish translation by Gabriela Baeza Ventura.
p. cm.
Summary: Told in the style of a cumulative folk song, a grandmother makes *empanadas,* a traditional Hispanic treat, for her family. Includes recipe.
ISBN 1-55885-388-X (alk. paper)
1. Mexican Americans—Juvenile fiction. [1. Mexican Americans—Fiction. 2. Empanadas—Fiction. 3. Grandmothers—Fiction. 4. Spanish language materials—Bilingual.] I. Title: Las Empanadas que hacía la abuela. II. DeLange, Alex Pardo, ill. III. Ventura, Gabriela Baeza. IV. Title.
[1. I. Title: . II. III. Title.
PZ73.B443 2002
[E]—dc21 2002033323
CIP

∞ The paper used in this publication meets the requirements of the American National Standard for Permanence of Paper for Printed Library Materials Z39.48-1984.

Printed in Hong Kong

3 4 5 6 7 8 9 2 10 9 8 7 6 5 4 3 2 1

For Nana and Papaw, we miss you!

—DGB

To my grandmother Lela: Lelita, your sweetness,
meals and stories decorated my life since childhood.
I love you, your grandaughter

—APD

Para Nana y Papaw, ¡los extrañamos!

—DGB

Para mi abuela Lela: Lelita, tu dulzura, tus comidas y
cuentos me adornaron la vida desde la niñez.
Te quiere, tu nieta

—APD

These are the *empanadas* that Abuela made.

Éstas son las empanadas que hacía la abuela.

Leche
MILK
Sugar
CINNAMON
SAL
HARINA
AZÚCAR
FLOUR

This is the pumpkin
for the *empanadas* that Abuela made.

Ésta es la calabaza
para las empanadas que hacía la abuela.

This is the dough
that folds over the pumpkin
for the *empanadas* that Abuela made.

Ésta es la masa
que envuelve la calabaza
para las empanadas que hacía la abuela.

FLOUR

This is the rolling pin
that rolls out the dough
that folds over the pumpkin
for the *empanadas* that Abuela made.

Éste es el rodillo
que extiende la masa
que envuelve la calabaza
para las empanadas que hacía la abuela.

These are the grandchildren
who push the rolling pin
that rolls out the dough
that folds over the pumpkin
for the *empanadas* that Abuela made.

Éstos son los nietos
que empujan el rodillo
que extiende la masa
que envuelve la calabaza
para las empanadas que hacía la abuela.

FLOUR

This is Abuelo
who hugs the grandchildren
who push the rolling pin
that rolls out the dough
that folds over the pumpkin
for the *empanadas* that Abuela made.

Éste es el abuelo
que abraza a los nietos
que empujan el rodillo
que extiende la masa
que envuelve la calabaza
para las empanadas que hacía la abuela.

This is the dog
that follows Abuelo
who hugs the grandchildren
who push the rolling pin
that rolls out the dough
that folds over the pumpkin
for the *empanadas* that Abuela made.

Éste es el perro
que sigue al abuelo
que abraza a los nietos
que empujan el rodillo
que extiende la masa
que envuelve la calabaza
para las empanadas que hacía la abuela.

These are the cousins
who chase the dog
that follows Abuelo
who hugs the grandchildren
who push the rolling pin
that rolls out the dough
that folds over the pumpkin
for the *empanadas* that Abuela made.

Éstos son los primos
que persiguen al perro
que sigue al abuelo
que abraza a los nietos
que empujan el rodillo
que extiende la masa
que envuelve la calabaza
para las empanadas que hacía la abuela.

This is the family
who comes with the cousins
who chase the dog
that follows Abuelo
who hugs the grandchildren
who push the rolling pin
that rolls out the dough
that folds over the pumpkin
for the *empanadas* that Abuela made.

Ésta es la familia
que viene con los primos
que persiguen al perro
que sigue al abuelo
que abraza a los nietos
que empujan el rodillo
que extiende la masa
que envuelve la calabaza
para las empanadas que hacía la abuela.

This is Abuela
who feeds the family
who comes with the cousins
who chase the dog
that follows Abuelo
who hugs the grandchildren
who push the rolling pin
that rolls out the dough
that folds over the pumpkin
for the *empanadas* that Abuela made.

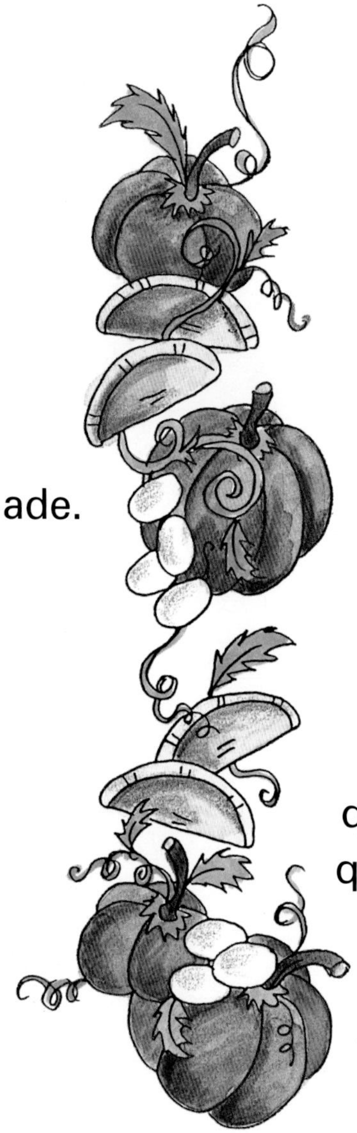

Ésta es la abuela
que alimenta a la familia
que viene con los primos
que persiguen al perro
que sigue al abuelo
que abraza a los nietos
que empujan el rodillo
que extiende la masa
que envuelve la calabaza
para las empanadas que hacía la abuela.

This is the milk
poured by Abuela
who feeds the family
who comes with the cousins
who chase the dog
that follows Abuelo
who hugs the grandchildren
who push the rolling pin
that rolls out the dough
that folds over the pumpkin
for the *empanadas* that Abuela made.

Ésta es la leche
que sirve la abuela
que alimenta a la familia
que viene con los primos
que persiguen al perro
que sigue al abuelo
que abraza a los nietos
que empujan el rodillo
que extiende la masa
que envuelve la calabaza
para las empanadas que hacía la abuela.

Leche

These are the happy faces
who eat *empanadas*
and drink the milk
poured by Abuela
who feeds the family
who comes with the cousins
who chase the dog
that follows Abuelo
who hugs the grandchildren
who push the rolling pin
that rolls out the dough
that folds over the pumpkin
for the *empanadas* that Abuela made.

Éstas son las caras felices
que comen las empanadas
y beben la leche
que sirve la abuela
que alimenta a la familia
que viene con los primos
que persiguen al perro
que sigue al abuelo
que abraza a los nietos
que empujan el rodillo
que extiende la masa
que envuelve la calabaza
para las empanadas que hacía la abuela.

Leche

This is Abuela
who dreams of happy faces
who ate *empanadas*
and drank the milk
poured by Abuela
who fed the family
who came with the cousins
who chased the dog
that followed Abuelo
who hugged the grandchildren
who pushed the rolling pin
that rolled out the dough
that folded over the pumpkin
for the *empanadas* that Abuela made.

Ésta es la abuela
que sueña con las caras felices
que comieron las empanadas
y bebieron la leche
que sirvió la abuela
que alimentó a la familia
que vino con los primos
que persiguieron al perro
que siguió al abuelo
que abrazó a los nietos
que empujaron el rodillo
que extendió la masa
que envolvió la calabaza
para las empanadas que hizo la abuela.

Abuela's *Empanada* Recipe

Filling:

4 cups of cooked pumpkin
1 1/2 cups sugar
1 teaspoon cinnamon
1/4 teaspoon nutmeg
1/4 stick of margarine
1/4 teaspoon ginger

Combine all ingredients and simmer carefully until thick consistency (about 30 minutes to one hour) and set aside to cool.

Dough:

4 cups flour
4 teaspoons baking powder
1/2 teaspoon salt
1 cup butter-flavored shortening
1 to 1 1/4 cups aniseed tea, or water

Combine flour, baking powder, and salt in a bowl. With fingers, add and blend in shortening. Pour water or tea slowly into flour mixture, kneading the dough.

Knead until it is well blended and smooth. (The dough should be greasy but not sticky. If sticky, dust with flour and knead again.)

Shape dough into a ball. Cover the bowl and set aside for thirty minutes. Then divide into two-dozen smaller balls. Set aside for another ten minutes to make dough easier to handle.

Roll out each ball into a thin circle on a cutting board. Spoon filling down the middle of the circle. Fold in half like a turnover. Seal the edges and press down on them with a fork. Use the fork to prick 3–4 times across the *empanada*'s center.

For better browning, brush the top and edges of the *empanadas* with milk.

Bake at 400 degrees for 20–30 minutes until the center and the edges are golden brown. Place on cooling rack.

Empanadas are delicious when they're warm from the oven. They also freeze well and can be baked ahead of time for a family gathering.

Receta para las empanadas de Abuela

Relleno:

4 tazas de calabaza cocida
1 1/2 tazas de azúcar
1 cucharadita de canela
1/4 cucharadita de nuez moscada
1/4 barra de margarina
1/4 cucharadita de jengibre

Mezcle todos los ingredientes y cocínelos a fuego lento con cuidado hasta alcanzar una consistencia espesa (aproximadamente de 30 minutos a una hora) y deje enfriar.

Masa:

4 tazas de harina
4 cucharaditas de levadura en polvo
1/2 cucharadita de sal
1 taza de manteca con sabor a mantequilla
1 a 1 1/4 tazas de té de anis, o de agua

Combine la harina, la levadura en polvo y la sal en un tazón. Con los dedos, agregue y mezcle la manteca. Agregue el agua o el té despacio a la mezcla, y amase.

Amase hasta que todo quede bien mezclado y con una consistencia suave. (La masa debe quedar grasosa pero no pegajosa. Si está pegajosa, espolvoréela con harina y amásela de nuevo.)

Haga una bola con la masa. Cubra el tazón y póngalo a un lado por treinta minutos. Después divida la masa en dos docenas de bolitas. Deje reposar la masa por diez minutos para que le sea más fácil trabajar con ella.

Aplane cada bolita hasta formar un disco. Vierta relleno por el centro de cada disco. Dóblelos por la mitad como una empanada. Selle las orillas usando un tenedor. Con el tenedor pique el centro de las empanadas tres o cuatro veces.

Para que las empanadas se doren, unte leche con una brochita en la parte superior.

Hornéelas a 400 grados veinte o treinta minutos hasta que se doren el centro y las orillas. Póngalas en una rejilla para que se enfríen.

Las empanadas son deliciosas cuando salen calientitas del horno. También se pueden congelar y hornear antes de una reunión familiar.

Diane Gonzales Betrand wrote this story after watching her mother and her daughter make the family's holiday *empanadas.* Like her other picture book, *Sip, slurp, soup, soup / Caldo, Caldo, Caldo,* her story celebrates a loving family and delicious food. Her other picture books include the award winning books, *Family / Familia, Uncle Chente's Picnic / El picnic de Tío Chente,* and *The Last Doll / La última muñeca.* Diane lives with her husband and two children in San Antonio, Texas, where she teaches writing at St. Mary's University.

Diane Gonzales Bertrand escribió este cuento después de ver cómo su mamá y su hija hacían las empanadas que compartirían con la familia en los días festivos. Así como *Sip, slurp, soup, soup / Caldo, Caldo, Caldo,* este libro celebra a la familia y la comida deliciosa. *Family / Familia, Uncle Chente's Picnic / El picnic de Tío Chente y The Last Doll / La última muñeca* son otros de sus libros que han recibido premios. Diane vive con su esposo y sus dos hijos en San Antonio, Texas, donde dicta cursos de escritura en la Universidad St. Mary's.

Alex Pardo DeLange is a Venezuelan-born artist educated in Argentina and the United States. A graduate in Fine Arts from the University of Miami, Pardo DeLange has illustrated numerous books for children, among them: *Pepita Talks Twice / Pepita habla dos veces, Pepita Thinks Pink / Pepita y el color rosado, Pepita Finds Out / Lo que Pepita descubre, Tina and the Scarecrow Skins / Tina y las pieles de espantapájaros,* and *Sip, Slurp, Soup, Soup / Caldo, caldo, caldo.* She lives in Florida with her husband and three children.

Alex Pardo DeLange es una artista venezolana educada en Argentina y en Estados Unidos. Se recibió de la Universidad de Miami con un título en Arte. Pardo DeLange ha ilustrado muchos libros para niños, entre ellos: *Pepita Talks Twice / Pepita habla dos veces, Pepita Thinks Pink / Pepita y el color rosado, Pepita Finds Out / Lo que Pepita descubre, Tina and the Scarecrow Skins / Tina y las pieles de espantapájaros* y *Sip, Slurp, Soup, Soup / Caldo, caldo, caldo.* Vive en la Florida con su esposo y sus tres hijos.